KB274764

서풍이 부는 날은

서풍이 부는 날은

미래시선 136

서풍이 부는 날은

· 지은이 ǀ 이창범
· 펴낸이 ǀ 임종대
· 펴낸곳 ǀ 미래문화사

· 찍은 날 ǀ 2005년 2월 14일
· 펴낸 날 ǀ 2005년 2월 18일

· 등록 번호 ǀ 제3-44호
· 등록 일자 ǀ 1976년 10월 19일
· 주소 ǀ 서울시 용산구 효창동 5-421
· 전화 ǀ 715-4507 / 713-6647
· 팩시밀리 ǀ 713-4805

· Homepage ǀ www.mrbooks.co.kr
· E-mail ǀ miraebooks@korea.com
　　　　　　mirae715@hanmail.net

ⓒ 2005, 미래문화사
· ISBN ǀ 89-7299-293-3　03810

· 정가 ǀ 6,000원

서풍이 부는 날은

이창범 제4시집

미래시선 136

미래문화사

행복한 순간들과 함께 하고자

'아직도 나는 부족한 사람이구나!'

제 4시집을 내면서 다시 한번 깨닫는다. 잠시나마 나의 부족함을 간과하고 지나칠 뻔했던 자신에게 채찍질하듯 이렇게 난 또 자신이 부족한 사람임을 알아간다. '거듭 남'이란 말처럼 한 발짝 한 발짝 내딛을수록 한없이 부족한 나를 깨달으며 '범사에 감사하라'는 말을 가슴에 새긴다.

살아가기가 너무 버거워 내게 힘든 현실을 남의 탓으로 돌린 적도 많았지만 그 고난까지 주님께 감사함으로 돌릴 때 더욱 축복이 있을 줄 확신한다.

고난의 연속으로 넘어져 잠시나마 주님 곁을 떠나 의지와 노력, 결심, 용기, 믿음이 작아지려 할 때가 있었다. 최악의 환경에서 자유를 잃고 고통이 엄습해왔던 때도 있었다. 그때마다 주님께서 이 연약한 자의 눈물의 기도를 받아주시어 그 고난을 극복할 수 있었다.

당신의 품 안으로 끌어 주시며 지혜를 주시어 작은 소망의 결실로 이 시집을 출간하게 해주신 주님께 감사드린다.

P.B. 셸리는 '시는 최선의 정신, 최고 행복한 순간의 기록이다'라고 했다. 그간 부끄럽고 미숙한 시를 쓰면서 얻은 가

장큰 선물은 행복이었다.

'열쇠가 상자를 열듯이 문학은 마음을 연다.' 란 말이 있다. 내가 간직한 작은 소망들과 추억, 향수, 그리움에 대한 생각들을 정리하다 보면 마음은 어느새 명상에 들어 행복과 안정을 얻을 수 있었다. 기도가 인간의 마음에 희망을 붇돋워 주듯이, 시는 인간의 정신을 향기롭게 하고, 정서를 순화시키는 매력을 갖고 있다.

이제 나는 내가 간직한 작은 소망과 고향의 푸른 들, 그리고 하늘을 기억하며 항상 행복한 순간들과 함께 하고자 한다.

부족한 이 시집을 펴낼 수 있도록 지혜를 주시고 이끌어 주신 주님께 영광을 돌리며, 제 4시집을 위해 나에게 행복한 기억들을 나눠준 모든 분들에게 늘 감사드린다.

끝으로 이 시집 출간에 힘을 실어 주신 미래문화사 임종대 사장님과 그 가족 분들께 감사드린다.

2005년 정초에
이 창 범 [印]

차례

목숨의 길고 짧은
주님의 뜻이려니
이제 헤어짐 없이
우리 꼭 손잡고
황혼의 언덕배기
아무런 근심 없이
뚜벅뚜벅 걸읍시다

아내에게

기다림

낭떠러지 맨 끝자락
옥담에서도 햇살 한 줌
지나가던 바람도 숨을 고르며

갈라진 콘크리트 틈 사이
밝음을 당겨보지만
벼랑 맨 끝은 매 마찬가지

어둠에서 풍찬노숙風餐露宿
나그네 되어
육신의 빚진 자 되게 하여

겨울나무 흔들어 보지만
잡념들을 이슬로 털어내며
지나가던 바람도 그대를 기다린다.

늦은 사랑

모래알같이 많은 사람들 중에
당신과 만나
참사랑을 알게 해주시고
기다림으로 인내를 주어
고통을 형통으로 늦음에 깊은 사랑을
메마른 가슴에 박꽃같이
사랑의 꽃을 피워준 당신
나에게 작은 행복 주시며
지금은 아픔이요, 고난이지만
은혜로 미움 떨쳐버리고
잘했다 칭찬받는 늦은 사랑을
두고 두고 가슴에 묻자구요.

그리운 님이여

춋농에 눈물 튀어
아픔이 불꽃으로 타오를 때
박꽃같은 그리운 님의 모습이

그리움에 온통 피멍이 묻어
몽상에나 그려보는 님의 생각
별을 잡아보는 가슴 요동치고

한 그루 나목裸木되어
회억으로 남은 설목雪木이
세월의 아픔은 아련한 고향의 강물.

당신이 보고싶을 때

당신이 보고 싶을 때
낙서를 합니다.

참을 수 없도록 보고 싶을 때
주님에게 기도합니다.

오늘밤에
이상하게도 꿈속에서
당신을 만날 것 같기에

마음 구름 타고
진실로 당신을 지금도
사랑하고 있습니다.

여인女人이여

허황한 신기루蜃氣樓
애증의 연인은 시간 속에
사랑이 멎은 그 곳에 사랑이 보이고

격증의 증오에 멎은 무관심
텅비다 못해 비어 있고,

차 있는 듯 머물게 하여
신비神秘 스러워
애증의 시원始原 속에 담박淡泊한 여인女人이여.

그대의 노래가 내 영혼을 잠재우고
깊은 계곡 찬 물은 요동치며
지평을 열어 촉촉이 대지를 적시어
서로의 증오의 씨앗으로

갈증의 오고 감을 채워
한사코 헤아려주며 아름답게 살라 하네.

망각忘却의 언덕

그대 그리워
석양에 아픔에 갈대만 무성한데
진홍의 물감 띄워 보냈으나
희열로 메아리 쳐 되돌아 올 뿐
두 손 가지런히 가슴에 포개
추억追憶의 강江은 변함이 없고
시간과 공간의 초라함으로
시리도록 그리움이 가슴 저며
찢긴 상처 위에 조바심케 하는
마음은 시나브로 시리어 갈대만 울어대
새록 새록 샛강을 이루어 안타까운 이
신새벽 헤치고 숙명宿命처럼 살고파
망각의 강江이어라.

그때 그 사랑

그때 그 사랑
초록빛이었는데
너와 나의 사랑이
세월에 쫓기어
강물로 만나
너는 나에게로
나는 너에게로
하나가 될 수 없기에
바람과 구름은 두둥실 허공을
돌이킬 수 없을까 그 사랑
너의 가슴에 칼바람만 남아
잔영의 목마른 사랑
너는 나에게 그 기다림 원했지
나는 너를 원했지만 떨어져 누운 가장자리
이 밤이 힘들었다고
손사래 치며 불빛 속 그림자
아픔의 이별에 그리움만 주고
시공간 별들만 반짝일 뿐
이별의 의미를 젤 수 없듯이
얼었던 땅을 뚫고
새잎을 띄울 수 있을지.

촛불

마음에 불씨를 심어준다
고통에 바들바들 떨면서
몸 던져 아픔을 태운다

가파른 언덕길 숨이 차오고
확연한 존재에
불확실성의 아픔이

이글거린 눈빛
목마른 고동
피눈물 활활 태워 넋두리뿐

사는 것이 천방지축
촛농은 흘러내려 이 한 몸 태우고
아픔을 본다, 그대를 위하여.

이별離別

망상忘想의 강江은 말없이 흐르고
홀로 나그네되어
울먹이며 허공을 바라본다.

어찌 아픔이야 없겠는가만
작은 소망으로 가슴 열어
마음에 방은 도도히 흐르고

바람에 스치는 입맞춤에
세월을 무디게 하더니
오늘이 가면 언제 오겠소

어둡고 빛바랜 통곡의 밤이
왜 이리 야속하기만하며
정만 남기고 떠나려하오

침묵의 고독한 밤에도
애리별고愛離別苦이어라.

아내에게

청춘 예찬이라도
넘실 트고 싶었던
새댁이었던 당신

긴 세월
풍상의 비바람 속에서
어미 되고 할머니 되어
머리에 눈이 덮인 하얀 머리
그렇게 우린 강의 파문이구려

목숨의 길고 짧음
주님의 뜻이려니
이제 헤어짐 없이
우리 꼭 손 잡고
황혼의 언덕배기
아무런 근심 없이
뚜벅뚜벅 걸읍시다.

그리움

그리움이 넘치는
보고 싶은 사람이여
그리움이 큰 만큼
보고 싶어지는 사람이여

님 곁에 있으면
뭉실구름 떠오르고
근심 걱정 떨쳐버려
나에게 기쁨 되어

당신만 바라보고 있으면
그저 좋고
당신 추억 아련할 때
나도 사라지는
나의 소중한 사람이여

나는
지금의 당신을
한없이 사랑하고 싶습니다.

얄미운 당신

참, 알다가도 모를 당신
그러면서도 사랑해야 한다니
사랑은 그러함에도 더한 것

아픔은 누구에게나 있지만
그를 위해 사랑한다면
조용히 보내야겠다고 다짐하면서

그래도 보고 싶어지면 어떻게 하나
눈이 시리도록 얄밉게
당신은 나를 가둔다.

연인

마음과 가슴을 열고
그대를 만나야 한다
서로의 단점까지
덮어주면서
운명 앞에 만나
내놓지 못할망정
결단코
용서받지 못해도
그대를 사랑으로 덧입어
피하지 않겠다
삶의 여정에서
가장 소중한 부분을
앓지 않기 위해 옥합을 깨
성화를 받으련다.

추억

어느 해던가 외길에서
마주쳤던 그 소녀를 내가
사랑했다고 말할 수 있을까

시달리던 도회지의 학창에서
귀향의 실비 내리던 초록 들길 걷다
마주쳤을 때
뭉클 박동이 거칠어지던
그 순간을
사랑이라고 말할 수 있을까

실비는 차츰 굵어졌고
생기를 되찾은 논두렁 풀잎 사이
이리 뛰고 저리 뛰던 개구리
그 볼록 튀어나온 눈빛보다 더
뜨거웠던 내 가슴에
소녀가 입술을 포개지 않았어도

이루어짐이 헤어짐이라면
헤어짐이 이루어짐인 것을
그때는 왜 몰랐을까.

님

시 한 수에
내 마음 모두
한 올 한 올 짜맞추어
옮기려니
아무것도 가까이 없네

아직도 얼마나 다듬고 다독거려야
님께 기쁨될 수 있을는지
익는 과실처럼
내 마음도
쏟으면 쏟을수록
바닷물 넘치듯
하염없이 넘쳐 부딪친다

님 이름을
목청껏 불러대면서
정작 파도는 없지만
그보다 더한 폭풍우도 부르리.

인연

처음에는
참 좋았네
불씨 댕기면

관솔이
기름 되어
육정이 기름으로 남던
엉키고 엉키어

세월은 덧없고
그 관솔은 진한
기름 되어
망각의 세월
불길로 태우는

그것
그저 머뭄 없이 달리고
고뇌의 순간

불길로 태우는
그리움은 더하고
공허함은 커지고

불씨 댕기면
그 인연의
아픔만큼 정겨워
길게
머무르지 않으리

정처없이 떠나는 자리
나부끼는 깃발
바람이 지워 버린다.

기다림

기다림은 절규가 아닙니다
고요히 고개를 기운 난꽃처럼
문 밖 걸려 있는 외등처럼
그저 단정히 소망을 품는 것
소망으로 불 하나 밝히는 것
하루하루 애타는 그리움
차라리 조용한 미소로 바꾸고
기인 길을 따라 걸어가는 것
기다림으로 하여
꽃은 피어나는 것임을
아는 이는
더 기다릴 수 있을 것입니다.

임은 어디에

그리움이 햇살처럼 퍼질 때
저만치 멀어진 당신

무엇이 그렇게 꼬여
돌아서고
떠나야 하는가

우리는 언제쯤
복된 터밭에서 등불 밝히며
그 사랑 되돌릴 수 있을까

숱한 고난에서
못 이룬 그 사랑 위해
그리워하며 기다리라.

긴 밤

저는 생애에 참 고통이 많았지만
잃은 것보다 얻은 것이 더 많았습니다.
어릴 적 풀섶에 앉아 푸른 하늘
바라보면서 많은 꿈을 안고 고향을 떠났지요

님이시여!
저도 이제
이순耳順답게 청명하게 살렵니다

곤충은 슬퍼서 울지 않고
제 눈을 보호하기 위해 운다는 말을 듣고
저를 보호하기 위해 할 일이 아무것도 없으니
얼마나 슬펐는지 모릅니다.

미워해야 할 떨기들 너무 많지만
이제 스스로를 갈무리하는
미물들의 조용한 동태에서 본보기를 찾아내어
제 여생을 살아가야 하는가 봅니다.

더욱이나 님을 배반한 자들이 얼굴 가리고
웃고 있어도 허공을 헤매는 것뿐입니다.

남사스럽게 잘못되었어도 제 가슴을 덮고
밝은 햇살을 맞이하렵니다.

그대 있음에

그대 있음에
사유하고 사랑을 느끼며
나는 아무것도 아닌 것을 알고 있소

외로움은 인간의 엄연한 권리인데
저만치 괴로움이 켜켜이 오는 것을
누가 막으리요

상처를 싸매기 전
지독한 고통이 오고
분비작용을 하기엔 너무나 힘이 드오

그대 있음에
작은 기도로
작은 행복을 느끼고 있소

그대 있음에
돌아갈 본향이 있고
아쉬움 없는 삶을 살 수 있습니다

그대 있음에
여건에 감사하며

승리의 기쁨이 넘치고 있답니다

내가 주님께
내 허물을 고백합니다.

슬픈 연인

수많은 사람들 중에
우리가 어떻게 만날 수 있었는지
눈물이 어린 어둠이 내리고
우리가 지나온 날들이
아픔으로 더욱 성숙하게 합니다

어설픈 외마디 사랑이란 그림자
구석진 골목길
그 곳은 내 마음의 빈 자리
시간의 공간 속에
얼룩진 상처와 아픔이 있습니다

내가 그대를 사랑하였듯이
그대가 나를 사랑하였음은
지나온 긴 시간들이 날개 져
아픔으로 우리를 더욱 성숙되게 합니다.

가을에
어두운 그림자 거두시고
사랑으로 용서 넘치는
정의의 강물 되게
기도하게 하소서

가을의 기도

빈 자리의 무게

내가 나이고 싶을 때는
철저하게 나일 것을

내가 내가 아니고 싶을 때는
철저하게 내가 아닐 것을

오늘은 할 일 없이
군자봉君子峰 근처를 맴돈다

있어야 할 자리에
없는 것을 보았고

없어야 할 것들이
있는 것을 보았다.

작은 불씨

작은 불씨가 있습니다.
시인으로서 시인답게 살고
진실하고 숭흠崇新스럽게

시인의 삶이 양파 같아
벗어도 벗어도 이 세상에
보탬이 되는 시인이 되고 싶습니다

내겐 작은 소망이 있습니다.
젊은이든, 늙은이든, 남자든, 여자든
아픔을 달래주는 그런 시인이 되고 싶습니다

작은 불씨가 있습니다.
기쁨, 사랑, 소망을 남겨주는
그런 시인이 되고 싶습니다.

아픔은 뒤로 하고

아침 여섯시 삼십 분 기상
사방舍房을 열고
하루의 점검준비를 한다

죄罪 와 벌罰은 일조 점검을 계수計數하며
고통과 어둠 아픔에 상혼傷魂을 주고
빗장을 열면 이국의 나라

지평地平은 흑암黑暗뿐
벌罰은 두 눈을 부릅뜨고
온기溫氣 잃은 창백蒼白한 모닥불

깊은 병病 얻고 상傷하여
속 끓이고 있지만
아픔은 뒤로하고 작은 소망을 얻으리라.

자유自由

1

백옥담 안에 갇혀 있으나
터질 듯한 파열음이 마음을 치며
석양의 일몰은 그리움으로
하루를 아프게 하고
여명의 소망 오직 은총의 자비에서
구원의 등불되어 님을 만나고픈데
주님은 기도하라고 할 뿐
종종걸음을 더디게 하면서
인생人生의 장막이라면
이쯤에서 사슬을 풀어주련만
야멸차게 자유를 몰수하는지.

2

쌍줄에 묶인 갇힌 자
사방을 둘러봐도
케케한 악취뿐

항문에 빨간 개미떼 무리되어

갇힌 자 갉아먹고 기생하나
밝은 길은 꽉 막히고

군상들은 그것도 좋아하며
인간숲 이정표 잃고
그래도 인생은 아름답다나.

감옥기監獄記

인간시장 옥살이
쇠창살 사이로 비둘기 한 마리 비상

월삭月朔
어둠에 묻혀

상선 여수上善 如水하지 못하여
아골*로 음부陰府*에 앉아
헛되고 헛됨을 깨닫지 못하니

영혼靈魂의 쉼터에서
속사람으로 환골탈태換骨奪胎하여
아픔에서 비상하게 하소서.

* 아골 : 눈물의 골짝
* 음부 : Hades, 헬라어, 하데스. 히브리어, 쉐올,
　　　　죽은 사람들이 심판을 기다리는 장소

44

애착愛着

가슴에 피멍으로 윤회하고
상심傷心의 2. 17평의 도축장屠畜場
별빛은 없고 문명이 찌들어
불씨 하나 당겨보지만

정글의 생존生存법칙 아련하고
등나무 고사枯死 자취 없고
버려진 저녁별 서늘함은
아골에서 조락凋落의 삶의 무게 잃어

상상想想의 나래 펴 희망 갖고파
자성自省과 성찰省察함에
속사람 관리하며 은총恩寵 받고

해밝은 웃음으로 그대 맞으며
판도라의 상자에 한 오라기
낮아지며 말씀의 양식으로 충만充滿하리라.

일상日常

쪽빛 푸르름 그곳에서
어쩌자고 이런 일이
홀연히 나타나

무엇이 그렇게 죄성罪性 속에서
아스럼히 나를 떠나고
빔空의 어느 오후

그리움에 쪽빛 그늘에
낯설게 느끼는
삶의 무게

진아眞我를 찾지 못해
늘 주홍빛만 갈구하는
일상의 아픔이구나.

지경 地境

준령의 육십 고개
하 많은 아골 골짝
켜켜이 쌓이고

쪽빛 저녁노을 넘실대고
영마루에 걸리어
고독의 병이 재발되어

상념에서
시인답게 시 한 수 수놓고 싶어
그리움에 가슴 여미네.

후회

늘 그러했듯이
감동感動 감성感性은 탐욕貪慾으로
탐심貪心을 제거除去하지 못하고
탐음貪淫에 희열喜悅을 느끼면서
작열灼熱하는 태양太陽에 늘 가슴 공허空虛

분량分量을 분별分別없이
포장包裝된 인격人格으로 방하착放下着하며
고상高尙하게 사랑을 부르지만
사랑도 한꺼풀 벗겨보면
양파같이 겹겹이
욕심慾心속에 꽈리를 틀고 있지는 않은가

욕심慾心은 정신情神을 먹고 세월歲月도 먹으며
사람도 쇠衰어 가는데
돌이킬 수 없는 공허空虛와 괴리乖離만 남아
자아自我 소멸消滅 황혼黃昏은 깃들고

위축萎縮 변형變形 순간적瞬間的 의미意味의 사랑은
산란散亂함과 3분의 1을 일탈逸脫하고파
긴장감을 풀어보며

후회

가을 하늘같이 맑게 살 수는 없을까
회억回憶에 후회後悔만 점철點綴되는구나.

가을의 기도

가을에
잃었던 신앙의 첫사랑을
회복하게 하소서

가을에
만나manna를 맛보기 되게
기도하게 하소서

가을에
주님의 역사를 이룰 심부름꾼 되게
기도하게 하소서

가을에
어두운 그림자 거두시고
사랑으로 용서 넘치는
정의의 강물 되게
기도하게 하소서

그리하여 이 가을
알곡을 수확하는 소망주시는
기도의 응답이 있을 줄 믿습니다.

옹달샘

울창한 옹달샘 유혹 속에서
찾아갔더니 너무 역겨워
원점으로 돌리고 싶지만
가쁜 숨 고르며 정복했기에
아쉬움 남아 쭈뼛 쭈뼛
망설이다 그만 깊이 잠들어
바튼 숨 고를 겨를도 없이
한사코 짓밟혀 외마디
헝클어진 인생줄
회전목마로 세월만 가버려
뼈는 앙상하게 주저앉고
헐떡이며 후회하건만
물이 쏟아져 역류 하는채
아무리 몸부림쳐도
헤어날 길 없어
벼랑끝 언저리 맴돌아
남은 인생人生이라도
최선으로 살라 하네.

먼 길

삭풍이 몰아치는
크리스마스 전 새벽
진눈깨비 휘몰아치는 눈보라 속으로

희미한 가로등 졸고
골목은 넓게만 보였지만
애잔한 그리움에 자유를 잃고

희한의 흔들리는 바람 속
젖은 옷깃 재촉하며 흠칫 뒤돌아보며
떠나야만 할 먼 길.

산다는 것이

철없는 그때로 돌아가고 싶어라
풍요로운 가을의 뙤약볕
12살 꿈 많은 그때가 그립구나!

방장산 아기바위 휘돌아
선운사 참당에 이르러
심원心原의 앞바다 서풍의 비릿한 바람

하지만 많은 세월 풍상風霜에 젖어
어머니 젖무덤 문지르며
응석 부릴 때 엊그제 같은데

하 세월 살았음에
헛되고 헛되도다!
이제야 깨달았다고 하지만

인생은 모를 일……
하늘만큼 사랑하다 죽으리라.

그러함에도

그러함에도
행복幸福하게
최선을 다하며
살기로 했다

순간의
불행은
순간의 아픔뿐

더 큰
나목裸木으로 잔영이 되어도
아픔을 준다

그러나
한 번의 죽음에
결코 부끄럽지 않게
주어진 길을 가겠다.

어느 퇴근길의 건들바람

두어 자쯤 늘어난 그림자에
바람이 스쳐간다
화사하던 대낮의
옷깃이 탄다
모락모락 피어오르는 연기
껍질과 살과 뼈가 타는
고약한 냄새
바람이 휩쓸어 간다

고마움이여
바람, 당신의 헌신이여

내가 알 수 없는
큰 우주에서
내가 캐야 할 보석 하나
그 결로 씻어주는 바람
내 투덜대는 발걸음을 재워준다

힘겨워 하는 내 등을 밀어주고
어디서 어미새 목울음 젖은
한 소절의 노래를 들려준다
눈이 떠지고
귀가 열린다.

고뇌

다시 긴 하루의 불씨 피어
소리없이 타고 있지만
내 영혼은
아직도 어두운
한밤의 고뇌뿐

내게서 멀리 떨어져나가
먹장구름에나 걸려
영원히 내려오지 않았으면

그리되면
내 몸에 깃든 소망들
한겨울에 꽃을 피우는 매화처럼
역경과 고난을 딛고
찬란한 햇살을
반가이 맞을 텐데.

아침

새소리 싱그러운
농가의 새벽
뜰 앞 텃밭의 상추는
새초롬히 이슬을 머금었네

어슴푸레 여명은
대지를 밝히고
물 걷힌 논의 볏단도
햇살에 눈을 비비는데

자연 속에 동행하는
즐거움이여,
나 또한 한 자락 맑은 샘물로
아침을 맞이하네.

은총

쏟아지는 햇살이 너무 맑고 깨끗하다
눈이 부셔 눈조차 뜰 수 없다.

땅은 낮아서 하늘을 우러르고
하늘은 높아서 땅을 굽어보는가

쏟아지는 햇살이 너무 맑고 깨끗하다
눈이 부셔 눈조차 뜰 수 없다.

욕망

가득 차 있는 듯해도
늘 허전하게 비어 있고

가득 채우고 채워도
늘 턱없이 모자라는

밑 빠진
항아리.

뒤돌아보면서

아침 여섯 시 삼십분 기상
사방舍房을 열고
하루의 점검 준비를 한다

죄罪와 벌罰은 일조 점검을 계수計數하며
고통과 어둠 아픔에 상혼傷魂을 주고
빗장을 열면 이국의 나라

지평地平은 흑암黑暗뿐
벌罰은 두 눈을 부릅뜨고
온기溫氣 잃은 창백蒼白한 모닥불

깊은 병病 얻고 상傷하여
속 끓이고 있지만
점검 준비로 작은 소망을 얻으리라.

꽃마음 갖게 하소서 3

그리하여
부족한 것은 십자가 뒤에 숨겨 주시고
잘했다 칭찬받게 하소서

푯대를 향하여

어느 오후

한 쌍의 비둘기
창문 사이로 소식전하며 날아와
무료하지 않느냐고 묻기에
어둠에 묻혀 진리를 캐고 있으니
아무 염려 말고 신앙생활 잘하고 있으면
곧 간다고 전해달라

그 비둘기
푸른 하늘 비상하더니
누구나 아픔은 있기 마련이니
이슬을 털어내고 허허로이 영혼을 사모할 때
주의 성전에 이르리라.

여명黎明의 묵상默想

오, 주님!
지극히 정상인데
평범平凡이온데
참 좋은 이 아침
온통 눈이 부십니다

모든 것이 그냥 제 모습인데
그 자리 그 모습인데
이 아침 이렇게
온통 신비함은
주님의 은총이옵니다

주님께서 내 눈을 밝게 하시고,
주님께서 내 귀 여시고,
주님께서 내 마음 다스리심은
아니겠사옵니다!
주님이시여!

주님, 깃털보다 많은 죄 고백합니다.
이렇게 호흡함은 한없는 당신의 은총恩寵이옵니다.

영생으로 광명光明을 주시는

주님의 눈빛이옵니다

분명, 담대함을 주시는
주님의 숨결이옵니다
그 여명黎明에서 온전溫全함은
주님의 영원하신 팔이옵니다

따스한 체온, 안보하시는
주님의 가슴이옵니다

오오, 은혜의 주님이시여!

감사感謝

사랑하는 사람이 있어 감사!
내 가정이 있어 감사!
호흡 주심에 감사!
비록 육신의 병이 있으나
마음의 평안이 있어 감사!
지금은 고통 속에 있으나
하늘의 소망이 있어 감사!
실패를 했지만 실패자가 되지 않아 감사!
쓰러져 겨우 일어났지만
내일의 희망이 있음에 감사!
순간 주님 곁을 떠났지만
기도할 수 있는 믿음 주심에 감사!
교만을 잠재워 주심에 감사!

기도 · 1

기도가 행함이 되게 하여
순종과 겸손으로 낮아지며
살려고 발버둥치는 삶 속에
주 안에서 죽게 하소서!
그리하여
늘, 주님의 말씀만을 사모하는
언제 어디에서 호흡하며 살아가든
주님을 따르게하소서!
은혜로 새 생명 얻게 하시고
당신께 맡기는 삶 주옵소서!
아픔과 절망을 소망으로
주님의 위로를 믿음으로
은총 내려주옵소서!
주님!
하루 하루 고통을 풍족한 삶으로
자족으로 되돌려 주옵소서!
주님께서는 저의 숨쉬는 것과 생각까지도
아시옵니다.
참사랑 알게 하시고 범사에 감사함을
알게 하옵소서!
메마름에서 작은 행복을 모르고 있사오니
마음을 열게하시고 오직 주님을 붙잡고 살아가며
평안을 주실 줄 믿습니다.

고난과 시련

아스라한 먼 그 곳
가피加被의 고개길
그러함에도
주님은 행복幸福주시고
넘치는 은혜恩惠, 은총恩寵 주시니
감사感謝합니다

삭풍朔風 몰아쳐
날개접어 노래 부르지 못해도
기도로 간구하며
고난과 시련 속에 허물을 깨닫게 하시니
감사합니다

대정大井한 길 언덕배기
안개 속 이슬 젖어

회억回憶의 아련함 축축한 그리움
어두운 밤 여명黎明으로
작은 행복주시니
감사합니다

그리하여

겸손의 그릇으로
주여! 나를 버리지 않을 믿음주시니
더욱 감사합니다.

사순절 새벽기도

빛바랜 날들에
이 한 몸
불태워 권념眷念으로 등불 밝혀,
유혹과 시험을 당하지 않고
모세와 엘리야 같은 믿음의 순종으로
불구덩 같은 고통일지라도
참 좋은 길이라고 아멘하건데,
아직도 믿음이 태부족한 것을
사순절 40일 기도회 결단하고파
땀의 기도와 눈물의 기도로 담대한 은혜 반석 위에
출애굽기 15:26절의 하나님의 약속의 말씀에
신앙의 삶으로 푯대삼아 켜켜히
성령의 갈망으로 사모케하여 은총 입고
잘했다 칭찬 받은 우리가 되어
거룩한 여호와 장막의 성전으로
찬송가 드높여 찬양하면서
주여!
부르짖으며 기도합니다.
불쌍하고 연약한 우리를 보호하시어
강인하고 흡인력 있는 사랑의 기도가
넘치게 덧입혀 초심의 믿음을 회복함에
주여!

유혹에서 벗어나 자유케 하사
주님의 영혼을 우리에게 각인케 하시고
고통 가운데서도 그리스도를 구세주로 보내주신
하나님 아버지,
자비와 순결과 말의 진실성과
우리가 맡은 사명에 정말 헌신하게 하시어
말씀에서 늘 규례를 지키게 하시며
사순절 40일 새벽기도회에 눈물 뿌려 간구하오니
옛날 애녹의 300년 하나님과 동행하였사오니
우리들의 하나님과 동행하는 자 되게 하옵소서.

믿음

살아오면서 후회없이 살아야 한다면서
어찌 우울하지 않았겠습니까
그러면서도 겸손하지 못하였으니

오 주님!
이제는 주님의 가르침에
무릎 꿇겠습니다

그리고
손들고 항복하겠습니다

선과 악의 마음 헤아릴 수 없지만
참 회개하고 실행할 것입니다

오직 좋은 밭 일구어
주님의 참사랑을 듬뿍 받아
칭찬받은 여호와 하나님 축복 받을 것입니다.

희생의 언저리

주여!
기도로 흔적을 주옵소서. (갈 6:17)

사순절 이 아침에

자명종 시계에 눈 비비며
꿈꾸는 내 영혼을 흔들어 깨울 때
먼동의 여명을 트이게 할 이 아침

새벽 이슬 찬공기 마시며 새벽 예배
갈보리 십자가 앞에 나아가라 한다

예수님은 나를 사랑하고 있으니
근심걱정 모두 지워버리고
오직 눈물 뿌려 기도하라 하신다

요동치는 고요한 새벽 제단
긴 행렬로 이어지는 눈물의 기도
고난을 묵상하는 사순절 이 아침

진리가 나를 자유케 하고
기쁨의 찬양을 주소서
감사의 찬양을 주소서

한 알의 밀알이 땅에 떨어져 죽지 아니하면
한 알 그대로 있고 죽으면 많은 열매을 맺느니라.(요 12:24)

주여!
영육적으로 새로워지는 은혜 갈구하오니
믿음을 더하소서 (벧전 3:14~17)

내가 주님께
내 허물을 고백합니다.

6 · 25를 맞으며……

사랑이 많으신 하나님!
1950년 6월 25일
북한의 불법 남침으로
처절한 동족 간의 피를 흘렸지만
우리 대한민국의 국토와 이 민족을 지켜주신 지
어언 54여 년……

그 동안 북으로부터 전쟁도발과 위협 속에
늘 불안과 긴장의 연속에서도
자유와 평화로 수호의
복을 주심에 감사합니다

폐허가 된 대한민국을 부흥발전시켜 주시고
안정된 경제발전과 부국강국으로
세계로 한국을 도약하게 하여
국력을 신장하게 하여 주심에 감사합니다.

또한 아픔을 극복하고 이산가족 상봉과
백두산 관광으로 남,북이 한 핏줄임에
도라산역의 전초기지로 평화통일의
염원을 갖게 하시니 감사합니다

사랑의 하나님 아버지!
이제는 남,북이 서로 사랑하게 하시고
동족이 더 이상 피를 흘리는 비극이 없게
강권적으로 주님께서 도와주실 것을 믿습니다

사랑이 풍성한 하나님!
여호와께서 집을 세우지 않으시면
세우는 자의 수고가 헛되며
여호와께서 성을 지키지 아니하시면
파수꾼의 깨어있음이 헛되옵니다. (시 127:1)

그리스도 안에서 우리 민족이 하나 되게 하시고
21세기는 통일된 복된 이민족으로
굳건히 세워주소서!

주여!
6 · 25사변 54주년을 맞이하여
상잔의 깊은 뜻을 되새기며
이 나라 이 민족을 위하여 몸바친
숭고한 애국 애족의 정신을
깊게 본받게 하시오며

위정자들의 솔선수범으로 낮아져 하나 되어
서로 용서하고 화합하여 분열된 이 민족이
융숭한 경제발전과 정치의 도약이 될 것을
주님께서 도와주실 줄 믿습니다

예수님의 이름으로 간절히 기도드립니다

푯대를 향하여

은혜가 풍성하신 하나님
우리에게
성결한 마음과
깊고 심오한 이상을 심어주시고
참자유를 주시옵소서

오직 한일
즉 뒤에 있는 것은
잊어버리고
앞에 있는 것을 잡으려고
꽃마음 갖게 하소서

그리하여
부족한 것은 십자가 뒤에 숨겨주시고
잘했다 칭찬받게 하소서.

참고 : 벧 3:13~14

주님에게 가는 길

고통과 환란을 접게 하고
들소리 길 밝혀주신 당신

미련없이
이 새벽 여명을 열고
가벼운 은혜로
넓은 주님에게 가는 길에 충만합니다.

고난 속에
광야의 길손
마음을 정리해도
힘들기는 마찬가지
하루를 예감하고
주님에게 가는길
거룩, 거룩합니다.

믿음의 수레는 쉼없이 구르고
일탈된 신호등 앞
별들이 하나 둘 가까이 올 때
나뭇잎은 파란 옷으로 갈아 입고

탕자는 빗장 풀며 충성된 종이라
당신이 반기는 주님의 길.

부활절 이 아침에

부활의 이 아침
지금은 고난의 잔
쓰디쓴 잔을 마시며
눈물로 기도합니다

나를 믿는 자는 죽어도 살고
무릇 살아서 나를 믿은 자는
영원히 죽지 아니 하리니

주여!
우리는 부활의 몸으로
부활의 권능으로
오늘의 고난을 지키며
이기는 길 뚜벅 뚜벅
걷겠습니다

주여!
고난을 이기고 승리케 하옵소서

죄와 사망에서
우리를 구원하기 위하여
십자가에 못 박혀 죽게 하심으로

사랑과 의로움을 확증하셨나이다

주여!
죄와 사망의 권세를 이기고
고난을 극복하시고
3일 만에 부활 승천하셨습니다

주여!
믿은 자의 생명이시며
죽음에서 부활하신 그리스도 안에서
참빛과 참생명의 날 밝았나이다

이 아침 우리들로 하여금 감사와 찬미를
하나님께 드리게 하시며
주님의 부활하신 이 날을 축하하게 하시고
이 날의 기쁨과 평화를 누리게 하옵소서

지난 날의 욕된 생활, 헛된 강포를 묻어두고
정의와 진리로 부활하게 하시며
냉냉한 마음에 뜨거운 성령으로
소생케 하옵소서

부활하신 주님!
우리들이 부활의 확신과 구원의 감격으로
날마다 주님을 증거하는 생활이 되게 하옵소서

주의 영을 거두어 가지 마시고
새롭게 우리들에게 영혼을 채워 주옵소서.

*로마서 5:8
 고린도후서 5:17
 요한복음 11:25~26.

기도 · 2

무릇 아픔은
성령으로 충만하게 하여
열매를 주시며 상처를 어루만져 주신다

하나님이시여!
주는 나의 생명을 지키시는 분이시며
나의 영광이 되시며 내가 낙심할 때
나의 머리를 들어 주시는도다

웃음이 기숙할지라도
아침에는 기쁨으로 단을 쌓게 하시니
하나님의 은혜에 감사합니다

눈에서 멀어지면 마음에서 멀어진다는
평범한 진리를 믿음과 순종으로
깨닫게 하심이 감사합니다.

은혜의 강江

1

나의 부족不足함으로
나의 연약함으로
나의 무지無知함으로
나의 믿음 없으므로
나의 영혼의 갈급함으로

조용한 새벽 제단에서
교만에 가득함에도
신묘막측한 이슬 머금고
은혜의 물결이 영을 넘치건만

나의 은혜의 강을 그저 지나쳐 일탈逸脫로
생수의 기쁨으로 거룩 거룩 채워주시며

시냇가의 나무가 마르지 않고
시절을 쫓아 열매를 맺는다는 말씀처럼
은혜 없이 살아갈 수 없는 나에게
은혜의 샘가에 오늘도 목마름으로

찬양하리라!

은혜의 강에 머물러 성령 받아
새벽 이슬 발로 털며
무릎 꿇어 기도하리라.

　　　2

돌아보면 바쁘게 살았습니다
그 많은 몽상夢想도 있었지만

그날 그때 일에 쫓기다 보니
어느듯 내 인생은 얼떨떨하다

너무나 멀어져 저만큼 달아나고
이제 그 꿈을 접고 싶어집니다

어디서일까 실타래는 엉키어
그 때를 알지 못할 뿐

남은 여백 이미 한정되어
소중한 날들이 햇빛만큼 남아
세월의 흐름도 더디지만

지금이라도 곡돌사신曲突徙薪으로
좋은 밭 일구어 축복받고 싶구나.

3

아픔이
그리움으로 변하니
병이 깊어지더라
뼈속 깊이 파고 들어도
은혜의 강은 무심히 흘러 간다

아픔에
상심傷心이 깊어 질 때면
주님은 잠잠하라, 음성 데아리 치고
더 이상 세상 것에 물들지 않겠다
은혜의 강물로 충만하리라.

무슨 일이든

주여!
고난과 소외된 자에게
간절히 기도합니다

무슨 일이든
주님만 믿고
담대히 헤쳐 나가는
우리들 되게 하소서

주여!
불쌍한 이웃을 위하여
간절히 기도합니다
무슨 일을 당하든
할 수 있다는 확신을 주옵소서

주여!
하나님과 이웃을 사랑하게 하소서.

좋은 아침

이 아침에 심령을 사모하며
주님을 앙모합니다

한 날의 시간 동안
주님의 영광을 높이도록
나를 인도하옵소서

오늘도 부지런하고 더욱 주님의 뜻에
순종하는 자세로 나를 일터로 보내주시며
실망할 때는 인내를 배우게 하시고
성공할 때는 감사를
고통과 고난을 당할 때는 용기와 지혜를 주옵소서

믿음을 통하여 사랑과 봉사를
늘 긍정적 신앙인의 자유로
참된 삶의 소유자가 되지 하옵소서

주여!
거룩의 열매를 거둘 수 있도록 인도하여 주옵소서.

팔복Beatitudes을 받게 하옵소서

구하라 그리하면 주신다는
사랑의 주님!

세상 것과 짝하며
마음으로 지은 죄
말로 지은 죄
눈으로 지은 죄
귀로 지은 죄
주님께 모두 내려 놓고 간구하오니
나의 죄악을 깨끗이 제하소서.

사랑의 주님!
우리들의 큰 믿음 속에서

심령이 가난한 자
천국을 소유하게 하시며

애통하는 자
신적 위로하여 주시며

온유한 자
땅의 기업 주시며

의에 갈구하는 자
영적 풍요 주시며

긍휼히 여기는 자
긍휼을 받게 하시며

화평케 하는 자
진실한 우리 되게 하시며

나를 매일 치게 하시여
충만한 믿음과 순종으로
여호와 이레임을 주여 믿습니다.

*마태복음 5:3~10, 7:7
 요한복음 14:14

성령聖靈이여! 기적을 행하소서

구하라!
그러면 주실 것이요
두드리라!
그러면 열릴 것이다

무쇠처럼 강팍한 쓸모없는 나를
담금질로 구리의 거울 되게 하시고
직분으로 봉사하게 하시더니
성령으로 덧입혀

내가 일찍 여명에 일어나
도와달라고 부르짖으며
당신의 말씀을 기다립니다

성령으로 은혜주시며 미세한 음성으로
중보기도 하라!
'네 이웃을 네 몸과 같이 사랑하라'

참으로 자비하시며 공의로우신 하나님!
티끌보다 못한 우리를 보호하시사
그리스도 십자가를 통하여 구원을 확신합니다.

오! 하나님
지금이나 앞으로 내 삶을 주관하시고
영혼을 밝게 해주시옵소서

그리스도인의 이름으로 허락하신
속죄의 빛 속에서 모든 것을 보게 하여 주시옵소서.

풍요 속의 여울목

부모님이 주신 반듯한 얼굴
풍요 속에 자란 사람처럼 보이지만
그저 웃어넘길 일만은 아닌 터
난들 걱정이 없을손가

산다는 것은 어찌 보면 재미있는 일
잔잔한 호숫가에 미세의 바람 일어
풀 수 없는 숙명宿命이 휘 몰아칠 땐
내 것이 아닌 것을……

지금껏 예수님을 몰랐다면
죄로 얼룩져 살았을 것을
이제는 산처럼 근심이 쌓여도
죄성을 용광로에 모아모아

성령으로 소각 새롭게 태어나
감사와 기쁨으로 나를 태워 찬송하리.

다니엘 21일 특별 새벽기도

열심히 간구하는 심령과

열심히 생각하는 은혜와

열심히 순종하는 뜻과

열심히 사랑하는 마음과

열심히 봉사하는 생활을

주시옵소서……

기도 · 3

일하고 봉사 할 수 있는 낮을 주시고
쉴 수 있는 밤을 주신 거룩하신 하나님,
한날의 시간동안 하나님의 영광을
높이도록 인도하여 주옵소서

하나님!
오늘 나에게 닥칠 어떤 환경이라도
유용하게 하옵시고
죄의 결과보다는 거룩한 열매를
거둘 수 있도록 인도 하옵소서

실망을 할 때는 인내를 배우게 하시고
성공을 할 때는 감사를 배우게 하옵소서

고난을 당할 때는 독수리 같은
담대함을 주옵시고
위험할 때는 용기를 배우게 하시고
나를 비난하는 자에게는 진정한
관대함을 주옵소서

칭찬을 할 때는 겸손을 배우게 하시고
즐거운 일이 있을 때는 절제를

베우게 하옵소서

고통과 불안이 있을 때는
참고 견디는 은혜를 주옵소서

이 수고가 모든 것을 소유하게 되며,
슬픔이 언젠가 주님의 보좌 가까이
나아가게 될 줄 믿습니다.

믿음

믿음은 순종
오직 주의 사랑을 먹고
꽃피어나는
작은 풀꽃입니다

강한 비바람에
단련되는 고목처럼
믿음은
시련을 통해 자라는
작은 나무입니다

주님께 드릴
가장 좋은 선물
믿음은
주님의 역사를 담는
작은 그릇입니다

오직 믿음으로 복종하며
믿음으로 기도하며
믿음으로
살아가야 하겠습니다.

기도하라

속삭이는
하늘의 소리

채소가 자라
잎이 무성해지고
뿌리가 깊이 내려
열매가 결실을 맺으면
거두는 기쁨에
사랑하는 이들과 나누는 즐거움
세상은 밝고
우리가 걷는 비좁고 어두운 골목까지도
작은 사랑으로 평화가 넘치나니

자꾸만 각박해지는 세상 속에서
껍질과 속마음들까지 황량해지는 지금
모든 생명체들에

단비가 내리도록
구하라
기도하라
그러면 바로 우리네 마음
모든 심성心性들이
단비에 충만해질지니.

나의 기도

주여!
성도들의 새벽기도나 철야기도가
알아들을 수 없는 방언으로
나의 기도를 방해하고 있습니다.

매양 기도할 때마다
벽에 대고 부르짖으며
알 수 없는 방언 기도가
신실한 믿음이라 할 수 있을까요?

어떤 성도는 주여! 주여! 통곡하지만
되돌아오는 메아리 기도인데
그래도 그렇게 울부짖으며
방언기도를 계속 해야만 될까요?

주여!
두려워 말라
내가 항상 네 곁에 있느니라

나의 기도가
새날을 맞이하는
기쁨 되게 하소서!

이 오늘의 하루가
소중하고 귀한 날로써 살아있음에
감사하고 기뻐하고 찬양하게 하소서!

그리하여 나의 기도가 주님이 보시기에 합당한
불로 불로 충만한 믿음 되게 하소서!

씨앗이 영혼에 떨어져
30배, 60배, 100배까지
수확을 주옵소서!

바람에 떠밀리기만 하던 날갯죽지로
바람을 가르며
허공에 떠 있는 내 꿈조각들을 모아
해조음으로 씻어주고

망설이던 시간들의 갈증은
소금기로 절인다.

4

바다 앞에 서면

고향은 늘

끝없이 이어지는
시간을 딛고 달려
동구 앞에 이르면
어디론가 사라진 옛날
고향은 거기 없어도

뒤돌아 앞산이 멀어지고
낯선 골목길에 노을 비칠 때
눈자위에 살금대며 떠오르는 그림자.

오이도烏耳島행 전동차 안에서

전동차 안에서 잠시 생각에 잠긴다.
늘 그러하듯 새삼스런 것도 아닌데

차창 밖으로
하늘과 산야가
계곡과 아파트 연립들이
내 인생이 순간 지나가듯
아무말 없이 전동차는
목적지를 향하여 힘차게 달린다

행복과 불행은 쌍둥이라
근심과 고통과
미움과
슬픔도
모두 전동차가 달리듯
우리들의 마음을 비우라고
힘차게 기적을 울린다

빼곡한 퇴근길의 전동차 안 구석에
노인석 장애인석으로 지정되었건만
젊은이들은 조금도 요동치 않고
오히려 늙은이들이 그 앞을 비켜서고

연상 아름다운 목소리의 안내방송이
장애인 노약자들에게 젊은이들은 자리를
양보하라고……

아무리 사랑을 호소해도
낯설은 전동차 안
그러나 미덕의 젊은이들이
자리를 양보하며 꽃마음을 보여주며
달리는 전동차 안의 향기 품어
함께 떠나는 아픔이라고

그 누가 말했던가
오늘은 무겁게 살아도 좋다고
스스로 위로하며 무거운 발걸음 내딛는다.

동심童心

맑고 깨끗한
세상의 오염된 더러움
한초롬 물들지 않은

태초부터 품고 태어난
그 창공같은 마음으로
그려진 아이의 마음

그 시절, 그 때
나도 언젠가 지녔을
맑은 동심의
추억으로 돌아가고파.

새鳥

새들은 좁은 공간에서도
잘도 운다
그러나 악보도 없구나

그 울음이
슬픔인지, 기쁨인지, 이별인지,
시름인지, 모르지만

알 수 없는 노래로
아무튼
분명 음악은 아니지만
자유 없는 너에겐 분명 아픔이어라.

애모愛慕

소복이 내린 하이얀 눈
산하에 쌓여
닫힌 영혼 창공을 향하여

손마디 삶의 몸부림
청계산은 말이 없고
아픔의 언덕 겹겹이

불확실성의 침묵에서 일탈하고파
낯설은 이국땅 나그네 되어
한 세월 얽힌 고통의 늪이

어둠의 길을 벗고파
빛과 암흑에서
꿈속으로 그리움이 치닫는구려!

탯줄

내가 탯줄 묻어둔
전북 고창군 해리면 나성리 대정동 11번지
가쁜 숨을 몰아쉬고 방갓재를 넘으면
동촌에서 불어오는 비린내 남실바람
액운을 막아 주고 부자를 만들어 준다는
삼삼하고 조용한 대정동 초입의 소쿠리 같은 집
텃밭에 뽕나무밭 화상이라도 입을 것 같은
빨간 오디는 주렁주렁 열리고
툇마루 옆 감나무 가을이면 볼록한 젖가슴
소꿉친구 더러는 백발로 동면하겠지.

회갑回甲

2002년 5월 5일
뒤돌아보니 엊그제 같은데
61년이나 살아
해는 서산에 걸려 가물거리고

조각달 눈자위 촉촉이 그늘져
싱겁게 웃으며 기다림에
귀 열고

헛되고 헛된 것을 회갑에
화갑華甲, 화갑花甲이라 부른다지만

그러함에도
태부족한데 어느덧 하세월인가
이제 황혼에 그늘 드리워 실감하고

조촐하게 치루자면서도
자꾸 문틈으로 눈이 흠칫하니
이 무슨 조화이런가.
손자들
할아버지 생일 축하해요
고사리손 붉은 장미 두송이

마파람 불 듯
이네 마음은 촉촉이
이것이 좁은 마음의 언저리인가

정다운 자식들
이한빈 친손자
도톰한 손으로 케익 자르며 불 불어 끄고

생일 축하합니다.
생일 축하합니다.
비좁은 밤은 싱겁게 흐르고

후일을 예약하며
오늘을 접는 저녁노을이어라.

안개

간 밤 무서리 내려
예정된 시간이지만
아픔은 늘 안개 속
이국땅 나그네 길손
자유, 행복, 웃음 일탈逸脫
이름하여 3305라 칭하고
피울음으로 분기탱천憤氣撑天
버림의 미학을 모른 체 주변을 서성이고
아무리 천대받고 천대한들
유난히도 깊고 깊은 물줄기
한 세상 이러저러 살아도 누가 탓할손가
한 많은 길손은 소리소리 질러도
육신과 영혼을 묻고 싶어 핏빛 잠재우고
영혼에 상처는 흩날리고 허허로이 맴돈다.

꽃

꽃보다 아름다운 삶 속에
아름다움을 아름다움으로 여기지 않고
잔설殘雪에 매달려 아픔을 애태우다
내 몸 태워 불사불멸不死不滅 애증으로 복福 안기어
폭풍설暴風雪에 피울음 쏟아 붙다가
흙탕길 팽개쳐 원망怨望 하지 못하고
낮음에 자연의 섭리 새싹 돋게하면서
고독孤獨에 켜켜이 매달려 무거운 꽃술로 웃음지어
아픔을 토吐하면서 옷을 벗어 갈기갈기 몸을 내주고
행복幸福과 불행不幸을 겁劫에 윤회輪廻로
희희낙락喜喜樂樂 옆에서 지켜보며
늘 버림의 미학美學으로 살아가리라.

어느 세월

해리海里의 오일장 초입 뻥튀기 아저씨
단돈 천 원 내놓으니
옥수수 두 자루

이렇게 풍성한데
양지쪽 흙담벽에 기대어
한恨 깊은 대나무 숲 그늘에서

잠시 포만飽滿함에 나를 잃어버리고
이것이 작은 행복이려니
피울음 토吐해보지만

나는 어디쯤 서서 공동空洞의 가슴에
바람만 스치는구나.

동해의 겨울바다

하일라비치 5034호 달빛이 창가에 들더니
밀물썰물 파도소리에 아픔 두둥실 일렁이고
소용돌이 흰 거품으로 빈 가슴 채워주며
어느새 시름 전하고 비릿한 바닷바람
코끝을 간지럽게 하며 높은 화음으로 파도치다
저멀리 삼십대 여인 무슨 사연 깊기에
해변을 걸으며 바다의 노래 듣는다.
녹아내릴 듯 아름다운 달님은 만인의 친구
억겁에 변함없는 밀물과 썰물이기에
오늘은 고성 봉평항의 밤이라,
내일은 소양호 빙어축제에서 명징하다
달빛이 눈 속의 하이얀 가슴 풀어
수정처럼 얼어붙은 겨울바다 외로움
잠시 나를 풀어 놓으니 동해의 밤바다가
정말 이렇게 좋은 줄 몰랐다.

봉평항의 겨울 밤바다

흰 거품 삼킬 듯 토해내는 봉평항 밤바다
금빛모래 사뿐히 즈려밟고 순찰하는 초병
비릿한 바닷바람 코끝 간지럽게 하더니

쏴악 쏴악……
높은 화음으로
밀물은 썰물을
썰물은 밀물을

바다 저 멀리 오징어배 꽃불빛
보라 아침의 이글거리는 해돋이
억겁을 겸손으로
세월의 뱉어버린 회억들

해변을 걷는 저 여인은 누구인가
허탈한 모습으로 아픔을 끌어안고
어제도 오늘도
긴 목 내밀어 어쩌잔건지

봉평항의 잠을 재우기 위해
쓰디쓴 쐬주잔에 굉음 울리며
투정으로 아픔을 지울 수 없기에

끝없이
이밤도
촘촘히 떠 있는 겨울바다의
빈 배이고 싶다.

저녁노을

쇠 창살 저편
타오르는 저녁 노을

새털 구름사이 비둘기 노닐며
피어나는 석양의 소리새
황금빛 고운 마음 시나브로

밀려오는 그리움에
까만 밤 욕심 부리지 않은 자유를
실바람으로 저녁 노을 젖으며

피어나는 석양빛
피안의 언덕 붉은 저녁 노을
상상의 나래펴고

프티petit
선한 저녁 노을 되리라.

질경이 꽃을 보면

질경이 꽃을 보면
어머님이 생각난다
고창군 해리면 나성리 대정동으로 시집 와
텃밭에 씨뿌린 굵은 손마디
쪼르르 연거푸 딸만 셋 낳으시고
삼대독자 대 끊길까 속앓이에 주름살
고추 하나 낳아 놓고 아무개라 이름 지어
명주실과 정한수에 이슥토록 비는 축원
해마다 질경이로 질경이꽃 피우면서
여든 아홉 질긴 목숨
왜정 때 쪽박살림
8 · 15, 6 · 25, 4 · 19, 5 · 16…….
비가 오나 눈이 오나 내 이름만 부르시다
살은 살대로 뼈는 뼈대로
다 태우신
어머니
어머니.

서풍이 부는 날은

바람은
옛날 옛적 고향 바람은
삼월에도 불어오고
구시월 맑은 하늘
저녁 나절에도 불어온다

고창들 어귀 돌아
열두 살 때 묻어 둔
꼬맹이들 웃음소리도 캐오고
온통 푸르게만 칠해둔
열일곱 살 적 바다 한 폭을 떠온다

바람은
흙빛 땀냄새
뜸북이네 밭두렁 콧노래
달빛도 실어오고
청운으로 떠나
조개구름 비늘로 갈라진 지천명
동지 섣달 눈발이며

아랫목의 따스한 화로
어머님의 주름살을 싣고 온다.
내 고향 먼 나성리 바람은.

가을 하늘

불볕 쏟아내린
화덕에도 물기 스며
아우성이던 나무들 색동옷

너희들 무더위에 지칠 때
새벽 이슬 받아, 나는
국향 물드는 들길을 예비
사나운 파도와
태풍의 갈기조차 잠들어
남색 스란치마 너울치는 은하에
들린다
뚝
뚝
낙엽 떨어지는 소리.

바다 앞에 서면

바다 앞에 서면
천지가 더 넓게 열려
그렇잖아도 작아보이던 내가
한 톨 모래 아니면
미세한 물방울로 분해된다

뜨겁게 살고저 했던 핏톨들이
부서짐에서 느끼는
통쾌함
꿈꾸던 비상의 날개를 펼친다

바람에 떠밀리기만 하던 날갯죽지로
바람을 가르며
허공에 떠 있는 내 꿈조각들을 모아
해조음으로 씻어주고

망설이던 시간들의 갈증은
소금기로 절인다.

밤 공원에서

늙은 할매가 앉았던 벤치에
아무도 없는 깊은 밤
달빛이 혼자 졸고 있다

할매를 데려간 하늘이
할매의 눈물을 뿌리고 있다
할매의 눈웃음을 뿌리고 있다

아픈 사람들은 아픈대로
즐거운 사람들은 즐거운대로
그네를 흘기고 간 눈빛
그 눈빛들이 그네에 머물러 있다

이른 아침

엄마의 손을 끌고 나와
비둘기와 놀던 아장걸음마
그 발자국 소리조차 잠든 밤.

단비

겨우내 얼었다
따스한 볕에 시작된 해빙.
마파람에
우리네 들밭은
심한 갈증을 느끼고
피부는 마냥 황량荒凉하다

대대로 내려온 밭이기에
발길 닿으면 다감하고
손 내밀면 부드러이
마음까지도 껴안아주는
우리네 들밭 흙냄새

구하라
기도하라
천둥 번개 뒤에는
생명의 단비가 있나니
흙덩이 다독여
그 안에 씨 뿌리고

소망의 마음심어
구하라.

비

비가 오네
먹구름 사이 하늘을 열고
마른 땅에 축복이듯
속살거리며
비가 오네

비가 오네
이 땅에 가득찬
거짓과 미움 씻으며
진리의 말씀은
구슬처럼 흐르네

비가 오네
노아의 방주
그 위에 띄우고
바벨탑 쌓는 손길 멈추라
비가 오네

비가 오네
가슴속 맺힌 응어리
따스하게 녹여내며
님의 사랑이
눈물처럼 흐르네.

고향

고향은
항상 푸르른 들판과
인정미 넘치는 사람들이 있는
정감 넘치는 고향을 향한다

달구지따라
황톳길 걷다 보면
소담스럽게 자라 있는 푸성귀

야트막한 산허리엔
푸릇푸릇 움트는 갖가지 풀잎을
마음껏 뜯어먹는
소떼들,
그 옆에서
콧노래라도 흥얼대면
울음소리들과 박자 이뤄 흥겹네

드문드문 자리한
인가는 싸리문 열어 두고
따뜻한 사람네는
인가는 싸리문 열어 두고
따뜻한 사람네는

투박하지만 푸근한 인사를 건네고……

그러나 환상에서 깨어나면
이곳은
외로움만 가득한 잿빛 도시

따뜻한 정이 그리워
밤거리에 나서면
아무런 느낌 없이
그저 스쳐 지나가는 사람들
향수를 지우려 나섰지만
되돌아올 땐
더 깊어진 향수병뿐.

고향의 바람

지금도 눈을 감으면
들녘 어귀를 돌고 돌아
열두 살, 때 묻은
꼬맹이들의 웃음소리도 실려 오고
짙푸르게 칠해 둔
열일곱 살, 바다 한 폭을 이고 온다

지금도 눈을 감으면
낮은 산등성이를 돌고 돌아
뜸북이네 밭두렁 콧노래도 실려 오고
동짓달 아랫목 화롯가에 피어 오르던
어머니의 웃음 속 주름살도 실려 온다

청운의 꿈을 안고
고향을 떠나
이미 이순耳順이 되어 앉았건만
지금도 눈을 감으면
실어 온 고향의 안부를 풀어 놓으며
속삭여댄다

내 고향 대정동 방갓재
숨을 돌리는
옛날 옛적 그 바람은.

방갓재

소뫼를 감아 돌아 왕촌 삼거리
임을 싣고 떠나는 뿌연 황톳길
여우 고개 굽어굽어 방갓재

동촌에서 불어오는 비린내 그 바람
아슴한 산등성 대정동 어귀
꿈을 깨는 동자童子

길섶 오얏나무
몽룡 형兄 뒷짐지고 나그네 되어
매남과 성산으로 떠나라 하네.

여름

감나무가 병들어 잎사귀가 허옇게 마릅니다
거름이 모자라 차츰 노화가 빨라짐을 느끼는데
당신은 평상심平常心으로 계십니다
육체가 싱싱했던 옛 시절에는 너무 모자라
당신을 몰랐고, 이순耳順인 지금은 육체가 시들어
당신을 볼 수 없습니다

그전에 감사함도 잊은 채 당신을 멀리했으니
지금은 고통에 시달렸습니다
해충에 약한 나무를 살리지 못하지만,
검꽃은 영향을 받지 못해 떨어져
노쇠를 받아들입니다

저의 때는 지나고
당신을 그리워하고 있으니 말입니다
주님, 이제 내가
교만한 마음을 버렸습니다.

운명

아스한 고개
먹구름 드리워져
격증의 미움은 포로 속에 묻히고

빛조차
태양을 가리우고
두 눈 감기운 채

죄악의 덫에 걸려
가슴은 텅텅 비우고
뼛속까지 바람 부는구나.

신앙인의 시적 진실과 감동

– 이창범李暢範의 시세계

신앙인의 시적 진실과 감동

- 이창범李暢範의 시세계

조남익 | 시인 · 평론가

(1)

성서에 '태초에 말씀이 있었다' 고 하였거니와 이 '태초의 말씀' 은 어떤 의미에 있어서 시가 지향하는 세계라 해도 과언이 아닐 것이다. 천지창조와 궁극의 뜻을 추구함에 있어서나 창조적 성격과 인간정신의 재구성 면에서 거기엔 시의 본령이 들어있기 때문이다.

이창범 시인은 그동안 《작은 소망이 한 줄기 빛으로》(1995), 《그리움이 담긴 노래》(1997), 《고향의 바람》(2002) 등 3권의 시집을 냈다. 그의 시는 이미 정평이 나있는 것처럼 여호와 하나님을 섬기는 기독교인으로서 선명한 '태초의 말씀' 이 있고, 그 세계 인식이 누구보다도 탄탄한 윤리적 기초 위에 서 있다. 그는 아슬아슬한 모럴 해저드Moral Hazord의 시대에 홀로 정신적 위기를 극복하려는 파수꾼의 목소리를 내고 있다.

제3시집 《고향의 바람》의 자서自序에서 그는 '항상 깨어 있는 마음으로, 믿음 속에서, 시로 마음의 부자가 되겠다' 는 시정신을 밝히고 있다. 여기의 '마음의 부자' 는 제2시집 《그

리움이 담긴 노래》의 '책머리에'에서 밝힌 '마음의 평화' 그
것에 다름 아니다. 그는 일관되게 시에 의한 자기 구제의 정
신적 지향을 보인다.

　산문에서 기록문과 예술문으로 나눌 수 있듯이, 시에서도
시의 언어를 지시적 기능과 함축적 기능으로 설명한다. '지
시'는 언어가 지닌 사전적 의미에 한정하지만, '함축'은 그
언어가 풍기는 분위기, 다의성, 상징적 의미 등을 포괄하는
예술적 개념이다. 두 기능은 외연外延과 내포內包이기도 한
관계이지만, 모든 언어에 내포의 기능이 있는 것은 아니다.
그러나 내포는 외연으로부터 비롯된다. 시는 함축적이고 내
포적인 기능에 의하여 발산되며, 시의 비유, 상징, 반어, 역
설 등이 모두 여기서 의도적 비약을 한다고 할 것이다.

　　가득 차 있는 듯해도
　　늘 허전하게 비어 있고

　　가득 채우고 채워도
　　늘 턱없이 모자라는
　　밑 빠진
　　항아리.

- 〈욕망〉 전문

　이 시는 '욕망은 밑 빠진 항아리'라는 등식을 담고 있는
은유Metaphor의 표현 기법에서 성공하고 있다. 끝없는 인간
의 욕망, 채워도 채워도 끝이 없다. 은유는 서로 이질적인
원관념과 보조관념이 일체화되어 새로운 의미를 창출하는

것인데, 그것은 직관적 사고에 의해 이루어진다.

시란 무엇인가? 시는 왜 쓰는가? 이런 물음은 소박한 것 같으면서도 경우에 다라서는 시의 특성이나 본질 규명에 도움을 줄 수도 있다.

이창범 시인의 경우는 "시는 뜻을 서술하는 것이다 (詩言志) (서경書經)"라는 오랜 전통적 사고에서 출발하고 있다. 이는 "시는 미美의 운율적 창조"(포우)니, "시는 상상력과 정열의 언어"(해즐리트)니 하는 경우보다는 훨씬 전통 지향적인 것이며, 또한 그의 신앙적인 뜻과 정서가 함께 분출되고 있는 방향인 것이다.

종교와 문학, 신앙과 시. 이런 연관은 이미 밀접한 역사와 본질을 함께 하고 있는 터이다. 영적靈的인 은총에 대한 복종과 찬미, 자연과 인생에 대한 비범하고 원숙한 세계관 등은 모두 전통시의 오랜 영역이란 할 수 있다.

작은 불씨가 있습니다.
시인으로서 시인답게 살고
진실하고 숭흠崇欽스럽게

시인의 삶이 양파 같아
벗어도 벗어도 이 세상에
보탬이 되는 시인이 되고 싶습니다.

내겐 작은 소망이 있습니다.
젊은이든, 늙은이든, 남자든, 여자든
아픔을 달래주는 그런 시인이 되고 싶습니다.

작은 불씨가 있습니다.
기쁨, 사랑, 소망을 남겨주는
그런 시인이 되고 싶습니다.

- 〈작은 불씨〉 전문

시인이 자기의 사명이 무엇인가를 밝히고 있는 작품이다. 이른 바 시인의 사명을 천명하고 있는 것이다. '보탬이 되는 시인'(2연), '아픔을 달래주는 그런 시인'(3연), '기쁨, 사랑, 소망을 남겨주는 그런 시인'(4연)이 되고 싶다는 것이다. 그리스도에 대한 소망을 담은 시라고 하겠다. 제목 〈작은 불씨〉는 '작은 소망'의 뜻인데, 시적인 운치를 살리고 있다.

신앙인의 이런 경향은 시의 목적성이 되는 것으로, 이것이 과도할 경우에는 시의 예술성을 추구하는 순수시와는 어떤 간극을 갖기 쉽다. 따라서 이런 시는 목적시로 분류된다.

목적시는 일정한 이데올로기를 표현하는 것을 위주로 하였으며, 예술성보다는 사상을 중시했다. 우리 나라의 경우를 보면, 1930년대의 시문학파의 시가 순수시에 속했다. 1920년대 중반에 일어나 약 10년간 문단을 풍미했던 신경향파의 시는 목적시의 대표적 사례였다.

(2)

시성詩聖으로 일컬어지는 정지용은 《가톨릭청년》의 창간(1993)과 이의 편집고문을 맡으면서 〈불사조〉, 〈다른 하늘〉, 〈또 하나의 다른 태양〉, 〈나무〉, 〈은혜〉, 〈별〉, 〈임종〉 등 종교시를 선보였는데, 가톨릭 신앙을 바탕으로 한 것이었다.

유려한 운율과 정결한 신앙정신이 합일되어 순수시로서의 손상을 조금도 입지 않는다.

이창범 시인은 처음부터 신앙시 쪽에서 출발했다. 그의 첫 시집 《작은 소망이 한 줄기 빛으로》를 보면 제1부 15면은 모두 〈기도〉로 되어 있다. 그의 시는 신앙시가 주류를 이루고 있으며, 이번 제4시집도 비슷한 경향에 있다고 할 수 있다.

신앙시는 신앙 그 자체에 목적을 두기 때문에 예술성의 시처럼 특별한 기교나 수사에 관심을 많이 두지 않는다. 시는 본래가 고도의 기교와 수사를 요하는 장르인데, 이를 소홀히 하게 되면 일반인이나 예술론 쪽에서는 공감하기 어려운 부분이 있게 된다. 그러나 앞에서 정지용의 종교시를 예로 든 것처럼, 이 땅의 많은 시인들은 그의 신앙을 자신의 시와 조화적인 절제를 보이는데 인색하지 않는다. 오히려 시의 깊이를 신앙의 은은한 빛깔로 더해 주고 있는 사례가 많음을 유념할 필요가 있다.

저는 생애에 참 고통이 많았어요.
잃은 것도 있으나 얻은 것이 더 많습니다.
저는 어릴 적 풀섶에 앉아 푸른 하늘을
바라보면서 많은 꿈을 갖고 고향을 떠나왔지요.

님이시여!
저도 이제
이순耳順답게 청명하게 살렵니다.

곤충은 슬퍼서 울지 않고
제 눈을 보호하기 위해 운다는 말을 듣고
저를 보호하기 위한 것이 아무것도 없으니
얼마나 슬펐는지 모릅니다.

미워해야 할 떨기들 너무 많지만
이제 스스로를 갈무리하는
미물들의 조용한 동태에서 본보기를 찾아내어
제 여생을 살아가야 하는가 봅니다.

더욱이나 님을 배반한 자들이 얼굴 가리고
웃고 있어도 허공을 헤매는 것뿐입니다.
남사스럽게 잘못되었어도 제 가슴을 덮고
밝은 햇살을 맞이하렵니다.

-〈긴밤〉 전문

이 시인은 자기의 존재 의미나 세계의 이념을 모두 신앙으로 채우고, 신앙으로 살고 있지만, 그 속에는 여전히 인간적 고뇌와 방황이 또한 시로 떠오른다. 그만큼 그의 시에는 진솔한 내면의식이 눈 떠 있다.

시 〈긴 밤〉은 이순耳順에 들어선 시인의 생애적 술회가 담담하면서도 진실한 감동을 준다. 거기엔 '님'을 추앙하여 따르고 높이 받드는 신앙인의 내면의식이 있기 때문이다. 그는 전북 고창군 해리면 나성리 대정동 11번지에서 출생했으며 경희대 법과를 졸업했다. 그리고 17년간 경찰공무원을 하다가 퇴직했고, 교회에서는 시온성가대 대장으로 활약한다. 평

범한 한 생활인이 어느덧 이순에 들어선 것이다. 그는 성경
과 시의 영혼적 삶과 수양에 평생을 두고 정진을 게을리 하
지 않았다.

　신앙인에게서 흔히 볼 수 있는 것처럼 이 시의 배경은 인
생에 대한 긍정정신과 조용한 자기 투시인 바, 그것이 퍽 매
력적이다. 노년에 접어든 한 생활인이 과거를 돌아보며 '밝
은 햇살'을 맞을 준비를 하는 것이다. 삶을 아름답게 사는
모습을 그대로 보여주고 있다. 신앙과 관계된 그의 시가 갖
고 있는 위치가 여기 있다고 할 것이다. 이 방면의 시를 한
편 더 들어보기로 한다.

　　그대 있음에
　　사유하고 사랑을 느끼며
　　나는 아무것도 아닌 것을 알고 있소.

　　외로움은 인간의 엄연한 권리인데
　　저만치 괴로움이 켜켜이 오는 것을
　　누가 막으리요.

　　상처를 싸매기 전
　　지독한 고통이 오고
　　분비작용을 하기엔 너무나 힘이 드오.

　　그대 있음에
　　작은 기도로
　　작은 행복을 느끼고 있소.

그대 있음에
돌아갈 본향이 있고
아쉬움 없는 삶을 살 수 있습니다.

그대 있음에
여건에 감사하며
승리의 기쁨이 넘치고 있답니다.

내가 주님께 내 허물을 고백합니다.

- 〈그대 있음에〉 전문

이 시의 '그대'는 그리스도, 곧 구세주이며 성령聖靈을 뜻한다. 그것은 시인이 동경하여 마지않는 절대자, 영원자로서 시에서는 '님·당신·그대' 등의 대명사로 나타나며, 불교에서 말하는 열반의 세계, 피안의 경지, 생의 구경究竟 등과 일치한다. 한용운 시집 《님의 침묵》(1926)에는 '님'이 182번, '당신'이 260번 나온다는 조사 결과가 있다.

시는 언어의식이 가장 날카로운 문학 양식이긴 하지만, 그렇다고 의미 전달에 소홀하거나 그 비중이 경시될 수는 없는 일이다. 특히 동양문학에서는 시인의 시경詩境을 중시하였고, 시를 일종의 도道라고 일컬어져 오는 터이다. 자연과 인생에 대한 관조·달관의 경지, 속되지 아니한 정신적 진경의 시는 지금도 고도의 품격과 공감을 자랑한다고 할 수 있다.

특히 신앙시의 본류는 거의가 이런 정신적 진경과 함께 이해되는 것이다.

　이 시는 나의 정신적 지주인 절대자가 있음으로써 내가 얼마나 평화스럽고 행복한가를 읊은 것이라고 할 것이다. '작은 행복'(4연), '돌아갈 본향'(5연), '승리의 기쁨'(6연) 등이 바로 그것이다.

　　(3)

　이창범의 시세계는 주위 사람들에 대한 사랑과 그리움이 있고, 고향에 대한 향수도 짙은 편이다. 그는 자신을 과장하지도 않으며, 오히려 겸손한 신앙인의 위치를 지킨다.

　시는 사물에 대한 인간의 감정을 표현하는 문학이다. 감정이란 사물에 대한 인간의 주관적 의식반응이라 할 수 있다. 그런데 감정 자체의 객관적 타당성이 아니요, 그것을 발생토록 한 감정 주체의 내적 진실이다. 시가 1인칭 현재시제 형식의 문학으로서 때로는 위력적인 것은 이 때문이다. 시는 감정에 호소하고 그만큼 때로는 폭발성이 강한 장르라 할 수 있다.

　이창범은 그의 생활과 시를 일치시키고 있다. 그는 시를 통하여 자신의 신앙은 물론 가족과 이웃과 고향을 사랑한다. 때로는 기도하며 호소하고, 때로는 회상하며 눈물짓기도 하지만, 그의 삶과 정신은 평상심을 잃지 않는다. 그는 예술가로서의 삶보다는 신앙인으로서의 삶을 우선한다.

　〈A〉 꽃마음 갖게 하소서.

　그리하여 부족한 것은 십자가 뒤에 숨겨 주시고

잘했다 칭찬받게 하소서.

- 〈푯대를 향하여〉 전문

〈B〉 끝없이 이어지는
시간을 딛고 달려
동구 앞에 이르면
어디론가 사라진 옛날
고향은 거기 없어도

뒤돌아 앞산이 멀어지고
낯선 골목길에 노을 비칠 때
눈자위에 살금대며 떠오르는 그림자.

-〈고향은 늘〉 전문

구약의 잠언箴言에 보면, 이 세상을 살아감에 있어서는 지혜와 명철을 얻은 자가 가장 복이 있고, 그것은 정금보다 낫고 진주보다 귀하다는 말이 있다. 단테는 그의 〈신곡〉의 연옥편에서 "너의 근원을 생각하라. 너는 야수처럼 살도록 태어나지는 않았고, 덕과 지식을 추구하도록 태어났다"고 했다.

이창범 시인의 삶과 정신에는 지혜와 명철을 갈고 다듬으며, 그 정신적 삶을 추구해온 것을 볼 수 있다. 우리가 일상(세속)을 살면서도 안식(성소)의 삶을 귀히 여기고, 때로는 우러러 존경하는 것은 이 때문이다.

위의 시 〈A〉는 아주 소박한 생활인의 지혜가 함축된 작품이다. 특별한 수사법이 구사된 것은 없지만 "꽃마음 갖게 하소서”의 1행을 독립시킴으로써 시적 묘미를 얻는다. 이 시에서 볼 수 있는 것처럼 그의 신앙은 지혜와 명철의 은혜를 구하는 생활인의 모습이다.

〈B〉는 너무도 간절한 향수가 어려 있는 작품이다. 그의 《탯줄》이란 시에는 “내가 탯줄 묻어둔 / 전북 고창군 해리면 나성리 대정동 11번지 / 가쁜 숨을 몰아쉬고 방갓재를 넘으면 / 동촌에서 불어오는 비린내 남실바람”이란 표현이 있다. 미당 서정주(1915~2000)의 고향은 고창군 부안면이었다. 미당의 생가에는 멀리 바다의 한 자락 해수가 들어와 출렁이고 있었다.

이창범 시인은 고향에 대한 향수를 통하여 자신의 근본과 뿌리를 더없이 그리워하고 자기 존재에 대한 은혜를 되새긴다. 고향, 그것은 그의 탯줄이었던 것이다.

이 시는 고향을 찾아도 ‘어디론가 사라진 옛날’이고, “낯선 골목길에 노을 비칠 때 / 눈자위 살금대며 떠오르는 그림자”란 잃어버린 고향을 읊고 있다. 산업사회로 변해 버린 오늘날, 고향은 사실 지키기도 어렵고, 존속하는 뜻조차 잃어버린 시대가 되었다. 이 시는 ‘떠오르는 그림자’란 결구에서 회상과 생략의 뜻을 함께 얻는다.

이창범 시인은 그가 태어난 시대와 생활 속에서 그리스도의 신앙과 시를 얻었다. 그것은 그에게 삶과 철학의 깊이를 더해 주었다. “글은 모름지기 뜻을 얻어야 귀하다”란 말처럼 글이란 자신의 인생 속에서 신음하며 속살로 우러나와야 하는 것인데, 그는 과욕하지 않고 나름의 조촐한 뜻에 이르고 있다. 그가 얻은 진실, 그가 깨친 감동은 시 속에서 뛰며 숨쉬고 있고, 독자들과도 깊은 공감과 위안을 함께 하고 있다.

그의 삶과 철학은 시를 통하여 새로이 성숙하고 부활하며 예술의 빛으로 남을 것이다. 그의 승리가 여기에 있다.

쏟아지는 햇살이 너무 맑고 깨끗하다
눈이 부셔 눈조차 뜰 수 없다.

땅은 낮아서 하늘을 우러르고
하늘은 높아서 땅을 굽어보는가

쏟아지는 햇살이 너무 맑고 깨끗하다
눈이 부셔 눈조차 뜰 수 없다.

- 〈은총〉 전문

이 간결한 표현 속에는 한 시인이 도달한 정신의 길을 엿보게 한다. 깊은 은총이란 일종의 깨달음의 세계인 것이다. 그 깨달음이 이처럼 찬란한 것일진대, 얼마나 고결하고 숭고하며 갸륵한 것인가. 시는 옛부터 이와 같은 사무사思無邪의 경지를 시의 지선지미至善至美의 본령으로 하여 왔던 것이다.